Vera Starkoff

Le Petit Verre

COMÉDIE SOCIALE EN UN ACTE

Précédée d'une Notice sur le Théâtre Populaire

Prix : **0.60**

P.-V. STOCK, ÉDITEUR

ANCIENNE LIBRAIRIE

TRESSE & STOCK

27, RUE RICHELIEU

PARIS

1904

LE

PETIT VERRE

COMÉDIE SOCIALE

EN UN ACTE

LE PETIT VERRE

COMÉDIE SOCIALE

EN UN ACTE

VERA STARKOFF

P.-V. STOCK, ÉDITEUR
ANCIENNE LIBRAIRIE
TRESSE & STOCK
27, RUE RICHELIEU. PARIS
1904

AVANT-PROPOS

« C'est parce que les découvertes
des grandes lois physiques ont été
longtemps renfermées dans un petit
nombre d'intelligences, qu'une morale barbare, fondée sur une fausse
interprétation des phénomènes de
la nature, a pu s'imposer à la masse
des hommes et les soumettre à des
pratiques imbéciles et cruelles. »

Anatole FRANCE.

On remarque dans l'histoire de l'humanité deux courants
d'idées, en sens inverse. Ce sont, d'une part, les progrès de
l'esprit humain, et de l'autre, la succession des erreurs qui
accompagnent en sourdine la marche triomphale des vérités.
Le mouvement des erreurs produit les dogmes et la misère;
l'élan des vérités engendre l'Art, la Science et la Prospérité.
Mais, souvent, hélas, une vérité à peine éclose tombe sous
le joug d'une caste qui l'exploite et sous l'influence de cette
oppression elle dégénère en dogme. Ainsi, au moyen âge,
la Science et l'Art accaparés par le clergé devinrent peu à
peu complices de l'ignorance et du fanatisme. Aux temps
modernes, la classe aisée en a fait des moyens d'asservissement du peuple.

Pour que l'Art et la Science progressent, il faut empêcher le monopole des connaissances, il faut les appuyer sur
la liberté, c'est-à-dire sur le droit de tous au progrès. Dans
les Universités populaires, les prolétaires, malgré les conditions si pénibles du travail actuel, luttent héroïquement
contre l'usurpation de l'Art et de la Science par les privilégiés, et tout en poursuivant leur émancipation économique
ils affirment leur besoin de vivre par la pensée.

A côté de ses revendications de l'estomac et de la raison,
la classe ouvrière éprouve la nécessité d'élever son cœur et
de mettre en harmonie ses idées, ses sentiments et ses actes,
d'élaborer, en un mot, une morale sociale.

C'est là le rôle du théâtre populaire.

Mais entendons-nous d'abord sur le mot de morale. Il ne s'agit pas, bien entendu, des préjugés et des superstitions enseignés par l'Eglise et le Code Napoléon, il est question ici de la mise en pratique des idées de Justice et de Vérité, de l'amélioration du sort humain. Les esprits théologiques voient une incompatibilité entre le réalisme et la morale, car ils considèrent les phénomènes de la nature comme des manifestations du diable. Contrairement à eux les grands génies dramatiques Sophocle, Shakspeare, Molière, Schiller, Hugo admirent et reproduisent la nature dans toute son intégrité avec ses ténèbres et sa lumière. Dans leurs œuvres qui reflètent l'existence humaine la laideur devient de la beauté lorsqu'elle passe par la souffrance. Profitons de leurs leçons, tâchons de comprendre les choses et les êtres au milieu desquels nous vivons.

Ce ne sont pas les manuels de préceptes qui élèveront le niveau moral de la masse, mais des spectacles de la vie observés fidèlement. Ils contiennent des enseignements précieux, ils éveillent dans la conscience des spectateurs le désir de combattre les erreurs, les vices et les mauvaises lois qui rendent les hommes malheureux, ils dévoilent le cœur humain et font connaître les conditions du bonheur.

Vera Starkoff.

La comédie « *Le Petit Verre* » s'attaque à l'erreur commune qui consiste à croire que l'ivresse procure des jouissances tandis qu'en réalité elle conduit à la brutalité ou à la mélancolie. Dans les deux cas elle ruine la famille. L'alcoolisme est un obstacle à toute organisation sociale, il est le grand ennemi des syndicats et des coopératives.

PERSONNAGES

LAFERLU [5o ans] . . . . *Cultivateur.*

BIQUET [6o ans] . . . . *id.*

MIRET [84 ans] . . . . *id.*

CANTIN [25 ans] . . . . *Instituteur.*

MILLOT [3o ans] . . . . *Cordonnier.*

Mme MILLOT [29 ans] . . . . *Couturière.*

Mme MIRET [8o ans] . . . . *Femme de Miret.*

MARIETTE [17 ans] . . . . *Fille de Biquet.*

Mme ROUQUI [4o ans] . . . . *Cabaretière.*

La scène représente un village au bord de la Seine. A gauche un tilleul, un banc rustique et un mur. A droite, quelques maisons à la file et une porte avec cette enseigne : « A la Gaîté. » A. Rouqui, marchand de vins.

LE PETIT VERRE

SCÈNE I

Au lever du rideau Cantin, assis sur le banc, lit un journal socialiste.

LAFERLU, CANTIN.

LAFERLU (se postant devant Cantin).

Tu ne fais pas prospérer la terre de ton père, tu es là, assis, comme un fainéant.

CANTIN

Mon blé est rentré.

LAFERLU

Tu as de la chance, on peut le dire. L'hiver, tu rigoles avec les enfants, tu es logé toute l'année et on te paye par dessus le marché douze cents francs. L'été tu cultives comme nous, tu récoltes encore du bien ! tu n'as pas à te plaindre, va !

CANTIN

Alors, pour toi, instruire les enfants, c'est ne rien faire.

LAFERLU

C'est peu de chose, quoi !... Tu travailles cinq jours de la semaine et les jeudis et les dimanches tu ne fiches rien... et cela te rapporte. Tu as de quoi renouveler tes outils... Moi, j'ai de la guigne, ma faux est toute rafistolée, elle ne marche plus, il m'en faudrait une neuve... Eh bien ! je n'ai pas de galette pour l'acheter...

CANTIN

Parbleu ! Tu dépenses ton argent « à la gaîté ». Tu aimes trop la goutte.

LAFERLU

Bien sûr!... J'ai besoin de me distraire... Je ne suis pas un saint... Je fais comme les autres... Un petit verre ça vous ravigote, on a meilleur courage à l'ouvrage.

CANTIN, avec conviction.

Un courage de fièvreux quand on ne force pas la dose, si l'on dépasse la mesure, l'absinthe mène à l'abrutissement ou à la folie... Au lieu de passer ton temps à boire, tu devrais m'aider à fonder un Syndicat.

LAFERLU

Un Syndicat... à quoi que ça sert? Qu'est-ce que ça me donnera?

CANTIN

Un Syndicat sert à vous empêcher de vivre comme des loups, de vous regarder comme des ennemis, et lorsqu'un voisin est dans la gêne, à l'aider d'en sortir et non l'abandonner à sa misère, au point qu'il laisse là pourrir son champ et s'en va mourir de faim à la ville. Lorsqu'on est uni, on a plus de facilité pour le travail. Un Syndicat permet d'acheter des outils en gros, ils reviennent moins chers... Si nous étions syndiqués, tu aurais ta faux toute neuve aujourd'hui, on aurait une batteuse en commun, des chevaux, des voitures.,. On terminerait les travaux plus tôt... on aurait un peu de bon temps pour le repos, d'autres distractions que « le petit verre ». Les gens qui boivent ne s'amusent guère, ils sont maussades ou brutaux. L'alcool, c'est du poison.

LAFERLU

Penses-tu ! Un petit verre fait passer les soucis, il vous égaye. Voilà tout.

CANTIN

Toi, tu pleures comme une Madeleine quand tu es saoûl.

LAFERLU

Ah bah ! Tout le monde s'en trouve bien, il n'y a que toi...

CANTIN

Millot aussi ne boit pas.

LAFERLU

Millot est une moule, il a peur de sa femme, c'est elle qui commande.

CANTIN

Ce sont des radoteries.

LAFERLU, avec insinuation.

Tu la défends, on sait bien pourquoi.

CANTIN, faisant un geste significatif.

Tu déménages, mon vieux !

LAFERLU

Tu ne veux pas me faire accroire que tu ne parles pas à la mère Millot. Je t'ai vu, là, moi-même.

CANTIN, plaisantant.

Qu'est-ce que cela prouve. Tiens, la voilà. Je vais encore lui parler.

SCÈNE II

Les Mêmes, MADAME MILLOT

M⁼ᵉ MILLOT, à Cantin.

Vous n'avez pas vu mon mari ?

CANTIN

Non.

MADAME MILLOT

Il est « A la Gaité ».

LAFERLU. en ricanant. à Cantin.

Tu vois, il y va aussi, il n'y a que toi...

MADAME MILLOT

Il n'y serait pas allé de lui-même. Ils sont venus quatre à l'embêter. Il a fini par céder. Je lui ai recommandé de ne pas boire la goutte et de rentrer à l'heure du dîner. Il me l'a promis.

LAFERLU

Voulez-vous que je lui dise que vous l'attendez.

MADAME MILLOT

Ce n'est pas la peine. (Elle s'asseoit à côté de Cantin.)

LAFERLU

Je ne veux pas vous déranger. Je m'en vais, moi. (Il rentre à la Gaîté.)

MADAME MILLOT

C'est-il malheureux qu'ils aient tous ici le même vice !...

CANTIN

Pas tous, mais beaucoup. Chez vous on ne boit pas ?

MADAME MILLOT

Dans notre petite ville, il y a deux marchands de vins et ils ne débitent pas d'eau-de-vie.

CANTIN

Et ils font leurs affaires.

MADAME MILLOT

Parfaitement. L'hiver, ils vendent du café et du vin, et l'été du cidre et de la bière. Il est vrai que chez nous il y a d'autres endroits de réunions, nous avons un Syndicat, une Coopérative, une Université populaire.

CANTIN

Pays de cocagne! Si on pouvait en faire autant ici, on enlèverait un peu de cette torpeur qui engourdit les cerveaux et les cœurs de nos paysans! Et dire qu'ils ont dans leurs mains le métier le plus sain, le plus utile, le plus élevé; qu'ils sont les maîtres des champs, des blés, du pain, de la vie en somme, et qu'ils courbent leurs existences comme des esclaves abrutis, uniquement préoccupés d'amasser un tas de sous!... Ils ne se reposent jamais, ils vivent comme des sauvages, ils ne se fréquentent pas, ils ne connaissent ni la causerie, ni la lecture, ni la promenade. Le seul plaisir qu'ils s'offrent c'est cette goutte qui détruit en eux jusqu'aux derniers vestiges de conscience!

MADAME MILLOT

En venant ici, nous avions, mon mari et moi, l'espoir de fonder une Université populaire. Nous comptions sur vous. Par votre école, vous pouvez avoir de l'influence dans le pays.

CANTIN

Sur les enfants, oui. Sur les parents, non. Nul n'est prophète dans son village. Les vieux ne veulent pas m'écouter, les jeunes désertent la campagne.

MADAME MILLOT

Les distractions leur manquent.

CANTIN

Certainement. Mais la principale raison qui les pousse à quitter la campagne c'est le prix élevé des outils; vous savez ce que coûte l'installation d'un cultivateur, il lui faut une charrue, une binette, un cheval et bien d'autres choses, un billet de mille francs ne suffit pas... Pour arrêter l'émigration des paysans vers les villes le seul moyen est de créer des Syndicats et des Coopératives. (Apercevant Mᵐᵉ Miret qui traîne une charrette chargée de linge mouillé.) Bonsoir, mère Miret.

SCÈNE III

LES MÊMES, MADAME MIRET

MADAME MILLOT

Vous avez été laver votre linge à la rivière, madame Miret ?

MADAME MIRET

Je n'ai pas fini, j'en ai encore pour demain.

CANTIN

Vous trottez comme une jeunesse, mère Miret.

MADAME MIRET

Je me porte bien. C'est mon vieux qui ne va pas. Il ne mange plus que des œufs, il a mal aux yeux, il marche avec peine ; regardez-le.

CANTIN, allant à la rencontre du père Miret.

Quand on voit la mère Miret on est sûr que le père Miret n'est pas loin.

LE PÈRE MIRET, qui s'avance péniblement en souriant.

Il la suit. Autrefois c'était le contraire. On s'entend toujours quand même.

MADAME MILLOT

Il y a combien de temps que vous êtes mariés ?

LE PÈRE MIRET

Il y a bien soixante ans. Elle ne m'a jamais disputé.

C'est que j'ai une bonne femme, elle n'arrête jamais de travailler. Il faut voir comme elle fait manœuvrer la binette et comme elle conduit le cheval...

MADAME MILLOT

Vous cultivez encore vos champs, madame Miret ? Quel âge avez-vous.

MADAME MIRET

J'ai quatre-vingts ans, mais je m'ennuie à ne rien faire.

MIRET

Et puis, c'est son goût de travailler dans les champs.

MADAME MIRET, en souriant.

C'est vrai. Je ne peux pas être renfermée. J'aime aller et venir au grand air. Que voulez-vous que je fasse entre quatre murs ? Vous savez sans doute tricoter, moi je ne sais pas. Alors quoi, rester là. assise, les bras croisés... Quelquefois je lui lis le journal quand il a mal aux yeux, mais je ne comprends pas toujours.

MIRET.

Je suis là pour lui expliquer... Elle n'a pas eu beaucoup de temps pour lire dans sa vie, elle allait aux champs, moi, j'ai été maire pendant trente ans, j'ai eu l'occasion de m'instruire un peu en lisant, car chez nous, on n'apprend pas beaucoup avec le monde, on est bien en retard... Il y a un obstacle dans le pays qui empêche tout mouvement de progrès.

MADAME MILLOT

Quel obstable ?

MIRET

Vous voyez ce mur, derrière le banc : sous ce tilleul, chacun vient raconter ses affaires... Ce mur, c'est la baronne de Conchy qui l'a fait construire, Elle veut savoir ce qui se passe au village. Elle est l'amie du curé. Elle espionne.

MADAME MILLOT

Est-ce qu'ils sont dévots dans le pays ?

MIRET

Pas du tout. Mais ils sont pauvres et le curé les tient par des bons, des bons de pains, de viande. de vêtements, c'est le député

qui subvient à toutes ces distributions; le député est très riche,
il a une usine au pays, il emploie beaucoup de paysans.

MADAME MILLOT

J'y suis. Il renvoie ceux que la bigote dénonce au curé, ceux
qui ne vont pas à la messe.

MIRET

C'est cela. Ce mur a fait sauter l'ancien maire qui m'a succédé.
C'est un libre-penseur. Il avait manifesté sur ce banc même son
indignation contre la vieille bigote qui a eu le toupet de faire
construire ce mur sur le terrain de la commune... Elle n'a pas le
droit de bâtir sur la place... Eh bien! elle a été si bien secondée par
le curé et le député, qu'aux dernières élections, l'ancien maire, un
bon républicain, a été battu par un ami du curé... (Gravement) La
misère des travailleurs fait la fortune de l'Église.

MADAME MILLOT

Du moment qu'un curé règne dans le pays, on est certain que
l'ivrognerie y prospère; c'est le péché mignon de l'église qui
empêche de vòir clair... (se levant) Mais je m'attarde à bavarder,
le soleil s'est couché derrière les maisons, il est bien huit heures...

MADAME MIRET

Nous aussi, il est temps qu'on s'en aille (à Miret.) Viens-tu ?

MIRET

Bonsoir madame, bonsoir Cantin (Il sort avec Mme Miret.)

SCÈNE IV

CANTIN, MADAME MILLOT

MADAME MILLOT (s'approche de la porte du cabaret, écoute un instant. On entend de gros rires.)

Est-ce qu'il va se laisser débaucher maintenant par ses soùlards, lui qui a tant prêché contre l'alcoolisme.

CANTIN

Voulez-vous que j'aille le chercher ?

MADAME MILLOT

Non, je ne veux pas m'abaisser. S'il peut m'oublier pour ces abrutis, tant pis pour lui… Il y a six ans qu'on est marié, et c'est la première fois qu'il me manque de parole!… (Elle marche avec agitation.) Je me vengerai!

CANTIN

Une fois n'est pas coutume, il ne faut pas vous emporter pour une bêtise ; il ne faut pas être si exigeante.

MADAME MILLOT, de plus en plus émotionnée.

Quand on n'aime pas, on n'est pas exigeant ; moi, j'ai une amitié très grande pour mon mari, et s'il fallait… tenez… m'ouvrir une veine, ou me couper le bras pour sauver sa vie, je n'hésiterais pas… Quand on a dans le cœur une affection sincère on a bien le droit d'exiger quelque chose en retour… Je ne saurais prendre goût à un amusement sans le partager avec lui ! (Avec des larmes dans la voix.) Je ne comprends pas qu'il reste là à rire tandis que je me fais du mauvais sang à l'attendre et que les enfants n'ont pas mangé. (Elle s'essuie les yeux.)

CANTIN

C'est malheureusement l'habitude dans le pays, et la femme est encore bien contente si le mari rentre sans lui donner des

coups. Savez-vous pourquoi je fais là le guet ce soir ? J'attends le
père Biquet, lorsqu'il a bu un petit verre de trop, il devient
furieux contre sa femme et sa fille, il veut les frapper, alors c'est
moi qui les défends.

MADAME MILLOT

C'est sa fiille qui s'appelle Mariette ?

CANTIN

C'est elle. Mariette est ma fiancée, mais le père s'oppose à notre
mariage.

MADAME MILLOT

Pourquoi ?

CANTIN

Par jalousie, sans doute. Parce que je cultive la terre comme
lui et que je suis instituteur. Mariette, elle aussi, a du goût pour
les études, elle travaille en cachette pour entrer dans l'enseigne-
ment. Dès que son père voit un livre dans ses mains, il la frappe.

MADAME MILLOT

Oh! la brute!... Quelle malheureuse idée on a eu de venir
s'installer ici!... C'est ce diable d'oncle qui s'est avisé en mourant
de nous laisser sa maison. Il aurait mieux fait de nous oublier!

CANTIN. se levant.

Je vais appeler votre mari!

MADAME MILLOT. l'arrêtant.

Je vous le défends. Je m'en vais donner à manger aux enfants,
quant à lui, je l'arrangerai comme il le mérite... il ne recom-
mencera pas, allez! A tout à l'heure. (Elle entre chez elle.)

SCÈNE V

CANTIN, MARIETTE

Cantin va et vient sur la scène; Mariette arrive, lui tend les deux mains; ils s'assoient sur le banc.

MARIETTE

Je suis venue pour te tenir compagnie. Dès que j'apercevrai le père je filerai.

CANTIN, avec tendresse.

C'est gentil. Cela me fait bien plaisir de te sentir à côté de moi par cette belle soirée. (Il lui prend la main.) Les derniers rayons du jour glissent sur les collines, la nuit descend, la lune va paraître.

MARIETTE, à mi-voix.

L'eau brille comme du vif argent... dans ses profondeurs se mire le clocher... les arbres se dressent... l'île plonge avec ses hauts peupliers... on y serait bien... si nous y allions... notre bateau est là, sur la berge.

CANTIN, avec ardeur.

Ah Mariette! Si tu avais seulement deux ans de plus je t'aurais enlevée sur le canot, mes avirons t'auraient vite transportée dans l'île, et là dans un petit nid de verdure devant les oiseaux qui s'aiment comme on leur ferait envie. Quel malheur que tu n'aies que dix-huit ans! Si tu t'enfuyais avec moi on me mettrait en prison, ton père te reprendrait et tu n'aurais plus personne pour te défendre contre ses coups... Cela s'appelle dans le code la puissance paternelle, il est grand temps qu'on l'abolisse!... Pour le moment, il nous faut du courage et de la patience.

MARIETTE

Lorsque je te vois, attendre me semble facile, mais quand je suis seule avec maman à trembler et à pleurer, cela paraît long, très long.

CANTIN

Allons, allons il ne faut pas y penser. Écoute...
(On entend un gazouillement d'oiseau.)

MARIETTE

C'est un merle qui rêve.

CANTIN

Il rêve de tendresse et d'amour.

MARIETTE

L'odeur des herbes me grise.

CANTIN

Ce sont tes yeux, tes cheveux, ta personne qui m'enivrent.

MARIETTE

Il faut que je me sauve.

CANTIN

Un instant encore. On ne peut seulement pas s'embrasser ici, tout le monde passe.

MARIETTE

Puisque tu ramènes le père chez nous, on se reverra, on trouvera bien un moment pour s'échapper.

CANTIN

Si j'arrive à le coucher, mais s'il s'obstine, tu sais bien qu'il n'y a pas moyen d'en venir à bout et qu'on ne peut le laisser seul avec ta mère, il l'assommerait.

MARIETTE

C'est drôle qu'il ait peur de toi, il est plus grand et plus fort, c'est ton courage qui l'effraye. Que serions-nous devenues sans toi!... Ah! je t'aime bien, tu es si bon et si brave!... Oh! il me semble que je l'entends. (Elle se sauve.)

SCÈNE VI

LA MÈRE RONQUI, LE PÈRE BIQUET ET CANTIN.

(Le père Biquet ivre sort du cabaret; il se retourne vers la mère Ronqui qui est à sa porte.)

LA MÈRE RONQUI (parlant très fort d'une voix rauque.)

Chez moi, pas de crédit! On paye d'avance! Donnez-moi vos deux sous, vous aurez votre verre, sans monnaie, pas de goutte... Ah ben, s'il fallait courir après tous les soûlards, j'aurais à faire... On règle d'abord... Je ne connais que l'argent, moi! (Elle entre chez elle)

PÈRE BIQUET

Je vas t'en chercher, là! Je t'en rapporterai de l'argent! (Il s'en va chancelant.) Faudra ben, qu'elle m'en donne, ma bourgeoise... et si elle ne veut pas, je saurais la forcer... j'avons les bras solides... je veux mon argent... je suis le maître chez moi... si elle s'obstine... cré nom de Dieu... elles y passeront toutes les deux... la mère et la fille...

CANTIN, l'empoignant par le bras.

Ne criez pas, père Biquet, rentrez chez vous.

BIQUET

De quoi que tu te mêles, fils de chiens... T'es toujours sur mon dos... tu crois que je ne sais pas pourquoi ?... Tu veux ma fille... Eh bien... tu ne l'auras pas.

CANTIN

Voyons, père Biquet.

BIQUET

Je te connais... moi... t'es un bel oiseau... à courir après les filles... moi... il me faut un autre homme, toi, tu n'aimes pas la goutte... t'es trop savant... Je n'aime pas les livres, moi... Je veux un gendre qui soit comme moi, qui joue aux cartes avec moi, qui trinque avec moi... Pourquoi que tu apportes des livres à ma fille... pour en faire une fainéante !... Les femmes, c'est fait pour garder la maison... c'est fait pour obéir... ça n'a pas de raison... ça n'a pas de force... c'est bon à rien... Je veux mon argent...

CANTIN

Allons, allons, venez, père Biquet.

BIQUET

Fiche-moi la paix ! Qu'est-ce que tu me veux ? Ma fille ?... Tu ne l'auras pas... C'est dit... Ma fille est à moi... J'en ferai ce que je voudrai...

CANTIN

Allons... c'est bien... avancez...

BIQUET

Je suis fort, moi... j'avalerais un tonneau d'eau-de-vie sans être malade... je suis un gaillard, moi... Tu ne saurais seulement pas boire une bouteille sans être soûl... je ne suis jamais ivre...

CANTIN

Dépêchez-vous, on vous attend pour dîner.

BIQUET

La femme... c'est fait pour servir l'homme... c'est son devoir.., elle me cache ses sous... je saurai les retrouver... sans quoi je lui casserai les reins... elle n'a pas le droit de toucher à mon bien... elle n'a rien à elle dans la maison... tout est à l'homme... C'est moi le maître... (Ils s'en vont.)

SCÈNE VII

MADAME MILLOT, LAFERLU

MADAME MILLOT s'avance sur le devant de la scène, elle écoute ce qui se passe au cabaret ; on entend des voix d'hommes ivres : « Je suis un vieux militaire ! — T'es un voleur, tu m'as pris mon coq... — T'es un menteur ! — Je suis un honnête homme, j'ai servi la Patrie... — Tu m'as chipé mon coq... Tu peux me payer un verre... — Je ne te payerai rien du tout... — T'es un vieil avare... — Canaille ! — Crapule !... ».

C'est trop fort ! (Elle rentre chez elle.)

LAFERLU, ivre, sort de « La Gaîté » et trébuche à chaque pas.

Je n'ai pas de chance, moi... toute ma vie, je trime du matin au soir... je porte des meules de foin plus lourdes que des maisons... mes bras sont démanchés à force de faucher... ma faux ne va plus... mes yeux sont enflammés par le soleil et le vent... mes jambes ne me soutiennent plus... mon cheval a crevé... je n'ai seulement pas de quoi boire à ma soif... (Il pleure). J'ai personne pour me faire ma soupe... ma femme est partie avec un autre... je l'aimais bien, ma femme... elle a emmené mes enfants... j'aimais bien mes enfants... je suis seul... je suis malheureux... (Il sanglote). Elle avait bien raison de me quitter... je dépensais mon argent à boire... J'ai trop soif... je suis malheureux (Il frappe à la porte de M⁽ᵐᵉ⁾ Millot). Ayez pitié de moi... donnez-moi à boire...

MADAME MILLOT, de sa porte.

C'est toi, Millot ?

LAFERLU

Donnez-moi un petit verre !

MADAME MILLOT

Passez votre chemin, mon bonhomme. (Elle va s'asseoir sur le banc).

LAFERLU, se dirigeant vers le banc.

Ah ! je suis bonhomme, maintenant. Quand on a besoin de moi, on m'appelle l'oncle... (Il s'assied sur le banc, à côté de M⁽ᵐᵉ⁾ Millot). Je suis malheureux !... (Il bâille et s'approche de M⁽ᵐᵉ⁾ Millot). Dites donc... je ne suis pas encore bien vieux... voulez-vous venir avec moi... j'ai un beau champ... une belle vache... un cochon...

MADAME MILLOT

Vous divaguez, mon pauvre homme.

LAFERLU

C'est vrai, je suis malheureux, je suis tout seul... (Il bâille et s'assoupit sur le banc).

SCÈNE VIII

LES MÊMES, MILLOT.

MILLOT, sortant du cabaret.

Que fais-tu là, Marie ?

MADAME MILLOT

Je prends le frais, tu vois ?

MILLOT

Où sont les enfants ?

MADAME MILLOT

Ils sont couchés, pardi !

MILLOT

Ils ont mangé ?

MADAME MILLOT

Bien sûr.

MILLOT

Tu dois avoir bien faim, toi.

MADAME MILLOT

Pas du tout.

MILLOT

Tu es malade ?

MADAME MILLOT

Mais non, j'ai mangé.

MILLOT, tout penaud.

Ah !... Et moi ?

MADAME MILLOT, avec un calme forcé.

Toi, tu as bu.

MILLOT

Cela n'empêche pas d'avoir faim.

MADAME MILLOT

Tant pis pour toi.

MILLOT

Comment, tant pis, j'espère que tu m'a laissé ma soupe.

MADAME MILLOT

J'ai fait à manger aux enfants et à moi, tu sais bien que nous avons juste de quoi vivre, tu as dépensé ta part à « La Gaîté ». Eh bien ! tu te passeras de manger ce soir.

MILLOT

Je ne peux pas me coucher avec l'estomac dans les talons, je ne pourrais pas dormir.

MADAME MILLOT, avec une nuance de raillerie.

Tu veilleras. Il fait beau, tu te promèneras, puis tu viendras coucher ici, sous le tilleul, à la belle étoile... tiens... tu tiendras compagnie à ce bonhomme.

MILLOT

Marie, tu es fâchée contre moi, j'ai eu tort, je te demande pardon, j'ai bu un peu, c'est vrai... mais je ne suis pas ivre.

MADAME MILLOT

Cela viendra.

MILLOT

Marie, je t'assure que je ne recommencerai plus.

MADAME MILLOT, avec reproche.

Tu n'as pas honte, toi, le militant, qui es venu t'installer ici pour faire de la propagande. Elle est jolie, ta propagande !

MILLOT

Marie, je t'assure que je le regrette, j'ai été entraîné.

MADAME MILLOT, avec énergie.

Par qui, par des abrutis... A quoi... à l'ivrognerie !... Entraîné !... Est-ce qu'un homme qui a de la conscience se laisse entraîner au mal !... C'est bon pour ceux qui ne savent pas lire, ni raisonner, ni vivre... Est-ce qu'un homme qui aime sa femme et ses enfants se laisse entraîner à la débauche !...

MILLOT, doucement.

Voyons, ma chérie, tu exagères, parce qu'on a bu un petit verre on n'est pas un débauché !...

MADAME MILLOT

C'est le premier pas qui coûte... La pente est glissante.

MILLOT, avec émotion.

Marie, tu me fais beaucoup de peine, tu doutes de moi ! Il y a six ans qu'on est marié, on n'a jamais eu un mot ensemble, et voici qu'un malheureux petit verre d'eau-de-vie va mettre de la brouille dans notre ménage... Marie, pardonne-moi, au nom de notre amour, je te jure solennellement de ne plus recommencer, et je prends à témoin de mon serment les étoiles qui nous éclairent, la Seine qui coule mystérieusement à nos pieds, et la cigale à la chanson amoureuse qui nous a fiancés, tu l'entends... Elle nous rappelle notre premier baiser... Tu ne l'as pas oublié.

MADAME MILLOT (attendrie.)

Si je m'en souviens !... (En badinant) Tu négliges un·témoin important... (Elle montre Laferlu endormi.) Si on l'éveillait, le pauvre homme, il n'est pas bien ainsi, sur ce banc, nous le coucherons dans notre grange, sur la paille... (secouant Laferlu.) Levez-vous, venez coucher chez nous...

LAFERLU

Fichez-moi la paix.....

MILLOT (avec un geste soudain.)

Allons, levez-vous... venez boire un petit verre.

LAFERLU (sursautant.)

Hein ?... Voilà... j'y vas...

RIDEAU.

A LA MÊME LIBRAIRIE

PIÈCES A TENDANCES SOCIALES

Une Faillite, pièce en 4 actes, par B. Bjornson (13 hommes, 3 femmes). — Une grande salle, un bureau . . . . 2 »

La Fille Sauvage, pièce en 6 actes, par F. de Curel (10 hommes, 9 femmes) . . . . : . . . . 2 »

Un Gant, comédie en 3 actes, par B. Bjornson (6 hommes, 4 femmes). — Un salon, un jardin, un volume in-18 . . . . . 3 5o

L'Innocent Criminel, un acte, par R. Dubreuil et L. Latourrette (7 hommes). — Un bureau. 1 5o

L'Issue, pièce sociale en 2 actes, par Mᵐᵉ Véra Starkoff (5 hommes, 3 femmes). — Un salon, une pièce quelconque. . . . . » 5o

Une Lettre chargée, saynète, par G. Courteline (2 hommes). — Un bureau de poste . . . . 1 »

Mais quelqu'un troubla la fête, un acte en vers, par L. Marsolleau (6 hommes, 2 femmes). — Un hall . . . . 1 »

Mariage d'argent, un acte, par P. Bourgeois (2 hommes, 1 femme). — Intérieur rustique. 1 5o

Maternité, pièces en 3 actes, par Brieux (12 hommes, 8 femmes). — Un salon, une cour d'assises. Un vol. in-18. . . . . 3 5o

Michel Pauper, drame en 5 actes, 7 tableaux, par Henri Becque (9 hommes, 4 femmes). — Salons, une antichambre . . . . . 2 »

La Nouvelle Idole, 3 actes, par F. de Curel (4 hommes, 4 femmes). — Salon, cabinet, laboratoire . . . . 2 »

L'Outrage, drame en un acte, par Bonis-Charancle (5 hommes, 5 femmes). — Un bureau . . . . 1 »

La Pâques socialiste, 5 actes, par E. Veyrin (8 hommes, 4 femmes). — Un salon, une cour d'usine. . . . . » 5o

La Petite Amie, 3 actes, par Brieux (4 hommes, 6 femmes). — Un magasin de modes, jardins . . . . 2 »

La Poigne, 5 actes, par J. Jullien (15 hommes, 5 femmes). — Jardin, salon, cabinet de travail . . . . 2 »

La Police tolère, comédie dramatique en 3 actes en vers, par L. Le Lasseur (9 hommes, 3 femmes). — Intérieur de ferme, estaminet. . . . . 2 »

La Première Salve, drame en un acte, par A. Rouquès (6 hommes). — Une forêt. 1 »

Les Remplaçantes, 3 actes, par Brieux (12 hommes, 12 femmes). — Cour rustique, un salon, intérieur rustique . . . . 2 »

Le Repas du Lion, 4 actes, par F. de Curel (10 hommes, 4 femmes). — Salle rustique, cabinet de travail, salle de presbytère . . . . 2 »

Responsabilités, pièce en 4 actes, par Jean Grave (16 hommes,

L'ÉMANCIPATRICE
IMPRIMERIE COMMUNISTE
3
RUE DE
PONDICHÉRY
PARIS
XV